POÉSIES

PAR

EDOUARD LEDEUIL

Ancien élève de l'École de Saint-Cyr
(Promotion 1857-59).

№ 2

L'HERMITE DE BÉTHARAM.

LA PETITE GITANE.

TENDRESSE, AMOUR ET VOLUPTÉ.

Prix du numéro : 20 centimes

PARIS

ŒILLOT, LIBRAIRE, 22, RUE SAINT-LAZARE

PARIS

TYPOGRAPHIE ALCAN-LÉVY

62, boulevard de Clichy (ancien boulev. Pigalle, 5o)

L'Hermite de Betharam (1)

———

Que ton calme profond, grotte aux sombres abîmes,
Repose des rumeurs d'un monde tourmenté !
O solitude, ô nuit, ô silence sublimes,
Mon âme plane heureuse en votre immensité !

A d'autres, les terreurs, les visions fantasques,
Les spectres décharnés, les fantômes errant,
Les lugubres regards sous de lugubres masques,
Les démons, les damnés, grimaçant et pleurant.

(1) *Betharam*, petit village au pied des Pyrénées, très-re-
nommé dans tout le Béarn par sa grotte, la plus belle que je
connaisse.

A d'autres, cette peur qui fait de chaque pierre,
Heurtée à leur pied las, le marbre d'un tombeau;
A d'autres, de ne voir qu'un caveau funéraire
Dans les lambris sacrés d'un candide berceau.

Berceau que j'ai choisi, pour chérir sans entrave
Un amour, tout de pleurs et de poignants regrets,
Que j'y viens caresser, comme une mère esclave,
L'enfant qu'elle dérobe à de mortels arrêts.

Qu'on aime saintement dans de noires ténèbres!
Les sens, la vanité veulent un ciel de feu;
Le cœur, dans le néant, rit des spectres funèbres
Et se blottit en lui comme à l'ombre de Dieu.

Venez, si vous l'osez! venez donc m'y poursuivre,
Hommes, dans cet antre où vous m'avez acculé!
Venez! si votre orgueil tant encor vous enivre
Que vous ne respectiez ce temple désolé

Mais venez! si vos lois ne sont pas un blasphème
A la Divinité, blême de vos affronts;
Venez! ou bien c'est moi qui lance l'anathème,
De par son ordre enfin, à vos superbes fronts.....

L'un ou l'autre, en effet, nous manquons de droiture
En demandant que, femme, à l'homme on soit lié,
Vous, par contrainte, et moi, par le tendre murmure
Que, dans un doux baiser, chacun fait de moitié...

De l'un ou l'autre à Dieu la voix est sacrilége,
Puisque de la victime il est le créateur;
Prenons-le donc pour juge : accablez, je protége;
Vous dites : *Code et chaîne;* et moi : *Tendresse et cœur.*
. . . .

Écoutez, écoutez! quelque malheur se passe,
Car gémissent au nord les cavernes sans fond;
On dirait s'écroulant des montagnes de glace,
Et des cris étouffés auxquels le vent répond.

C'est la neige des pics, où le soleil n'arrive,
Qui n'a pu supporter un seul flocon de plus,
Et qui roule en fureur sa masse destructive
Des flancs des monts broyés dans les vals éperdus...

C'est l'amour de la femme, amoncelé sans cesse,
Parce que d'un époux pour elle encor n'a lui
Ce pur soleil du cœur, cette sainte tendresse,
Qu'il devait lui vouer et dont il souille autrui.

C'est son amour, tout seu', neige froide et mortelle,
Qui, dans un tiède jour n'ayant plus même espoir,
S'éboule sous son poids, fardeau trop lourd pour elle,
Et détruit, quand créer est son premier devoir.

Écoutez-la gronder la terrible avalanche,
Écoutez-la gémir la femme en son hymen;
Voyez la trombe aux rocs briser sa tête blanche,
Voyez la fiancée au ciel du lendemain.....

Tandis qu'un doux rayon, en source intarissable
Eût transformé ces blocs et répandu leurs eaux
Dans les prés souriant, sous leur nappe adorable,
Aux reflets imagés des souriants coteaux.

Tandis qu'une caresse eût conçu la famille,
Terrestre trinité confondue en un cœur...
Mais un père, une mère, un enfant, fils ou fille,
Que peut rêver de plus l'extase du bonheur?

Et c'est Dieu qui vous parle; ici, je n'ai que faire,
Sinon de m'incliner. A genoux, comme moi,
Pleurez, priez, parents de la femme adultère,
Car son crime est de vous, que n'atteint pas la loi.

Vous aviez à soigner un frais bouton de rose,
Né d'un souffle embaumé dans une nuit d'amour,
Et vous avez permis qu'une guêpe se pose
Sur son cœur, qui sécha dès cet horrible jour.

Vous aviez un doux ange, aimant les [illegible]
Et vous l'avez forcée à descendre aux [illegible]
Vous aviez une vierge, et vos ongles [illegible]
Ont déchiré sa robe aux yeux gris d'un [illegible]

Ah ! magistrats, pleurez, priez, [illegible]
Condamnés à lier de vos mains, [illegible]
L'avenir au passé, le couchant à l'aurore [illegible]
L'onde à la flamme rouge et la tombe [illegible]

A genoux ! toi surtout, impie de la [illegible]
Qui devais la comprendre à son [illegible]
Pleure ; c'est un outrage à [illegible]
D'avoir traîné sa fille à l'[illegible]

Ses cris ne t'ont rien dit [illegible]
Elle ne l'aimait pas, et la [illegible]
Est-ce qu'on voit [illegible]
A la fleur d'[illegible]

La petite Gitane

Passants, qui ne savez où conduit la misère,
    N'insultez pas au pauvre enfant.
Si je ne rougis plus en dansant sur la pierre,
    C'est que je vois toujours ma mère
    Me disant : « Vas ! et cherche à plaire ! »
Et sa main comprimer un sanglot étouffant.

Sous vos regards je tremble et la honte me gagne ;
    De peur, mon sang se glace au cœur ;
Mon pied ne frémit plus comme dans la montagne,
    Et ma castagnette d'Espagne,
    Des quadrilles, folle compagne,
Retentit comme un glas dans mon âme en douleur.

Pourtant, il faut chanter dans votre belle France,
    Danser pour avoir un souris;
Entre deux indigents jetant, de préférence,
    A l'affamé dont la souffrance
    Se cache sous une apparence,
D'où lui viendra plus tard un souverain mépris.

Allons! chantons, chantons la vive barcarolle;
    Dansons valses et fandango!
Que de leur tourbillon s'élance ma parole
    Légère et d'une gaîté folle...
    Prenez, je les vends une obole;
Prenez! accompagnez l'air de mon pandero.

« Point de chagrins! sur terre, à tous vents il faut rire;
    « C'est la morale des seigneurs.
« Devant eux, laisser voir un cœur qui se déchire
    « Dans les tortures du martyre,
    « C'est être infâme, ou lâche, ou pire...
« Rions donc sous la ronce! et laissons-leur les fleurs. »

Rions !... Je ne puis plus... Rions !... O ciel ! je pleure...
    Passants, pardon ! Mais dans les yeux
De ma mère je vois venir sa dernière heure...
    Si vous ne voulez qu'elle meure
    Dans une cave, sa demeure,
Un petit sou pour elle, et, pour moi, vos adieux.

Tendresse, Amour & Volupté

—

Comme l'enfant, au sortir d'un beau rêve,
Rit à sa mère, au pied de son berceau,
Caresse et prend sa main qui le soulève,
Jette à son cou, faible et tendre rameau,
Son petit bras, qu'avec peine il enlace,
Croyant, le jour, serrer naïvement
L'ange si doux et si rempli de grâce,
Qui, chaque nuit, le veille assidûment.....

Un soir, tu vins ainsi troubler ma vue...
Car ta beauté comme un éclair a lui,
Et, te prenant du ciel pour une élue,
Je priai Dieu de m'appeler à lui.
Comme l'enfant, oui, je t'ai vue en songe ;
Oui, j'ai noyé mes regards dans les tiens ;
Que ce bonheur ne soit pas un mensonge,
Comme l'enfant, prends-moi, je t'appartiens.

J'aurai pour toi ses élans, sa foi pure;
Je trouverai, pour adoucir ma voix,
Des mots plus doux que l'amoureux murmure
Des lents ruisseaux qui sillonnent les bois;
J'écouterai le vent dans le feuillage,
Je retiendrai ses plus tendres accents;
J'irai ravir aux oiseaux leur ramage
Pour te chanter le trouble de mes sens.

J'aurai pour toi des attentions saintes,
Et pour ton corps, tes traits divinisés,
J'aurai toujours de si douces étreintes,
J'aurai toujours de si légers baisers,
Que tu croiras entendre la nature,
A son réveil, dans ses premiers frissons;
Flore faisant éclater sa ceinture,
D'où mille fleurs s'épandent aux buissons.

Oh! si tu sens que ma plainte amoureuse
Gonfle ton cœur de magiques soupirs,

Que de ma main la pression fiévreuse
Met dans ton sang le feu de mes désirs,
Laisse tomber ta tête languissante,
Laisse tes yeux se mouiller de bonheur,
Laisse égarer ta lèvre frémissante,
Laisse ton sein électriser mon cœur.

Que tes cheveux épars soient le seul voile
Qui me dérobe encore ta beauté;
Que ta prunelle en feu soit une étoile;
Que tes contours dardent la volupté !
Que je t'adore alors dans ce désordre,
Que je te voie en des transports fougueux;
Que je me torde à ton corps pour le mordre
Sous des baisers qui nous brûlent tous deux.